Zoey and Sassafras
佐伊总是有办法
独角兽与细菌
Unicorns and Germs

Story By Asia Citro
Pictures By Marion Lindsay

[美]爱莎·西特洛—著 [美]玛丽安·林赛—绘

夏高娃—译

北京联合出版公司
Beijing United Publishing Co.,Ltd.

目录

序章		1
第一章	神秘计划	2
第二章	门铃响啦！	10
第三章	治疗"疼疼"	17
第四章	等待好消息	31
第五章	现在怎么办？	40
第六章	独角兽的魔法	53
第七章	到底什么能派上用场呢？	61
第八章	遇到难题	69
第九章	哇哦！	75

第十章 　　 两个答案 　　　　　　　　　　　84

第十一章 细菌无处不在 　　　　　　　　　92

术语表 　　　　　　　　　　　　　　　　　101

序章

最近几天,我和小猫萨萨总是焦急地盼着谷仓后门的门铃赶快响起来。我知道许多人都会因为门铃响起来而开心,因为这可能表示快递员送来了装着礼物的包裹,或者一个朋友来玩了。不过,还是我们家的门铃更令人兴奋,因为它是魔法门铃!每当门铃响起,就意味着有一只需要帮助的魔法动物出现在我家谷仓外面。我的妈妈从小到大一直在帮助这些动物。而现在我也开始帮助他们啦……

第一章

神秘计划

我推开屋子的大门,把书包扔在地上,一把抱起了小猫萨萨。

"我好想你呀!"我一边说,一边亲着他的小脑袋。

萨萨舔了舔我的鼻子,又闻了闻我的耳朵。

"对喽,我的耳朵已经没事了,耳道感染治好啦!"我又抱着萨萨转了一圈,才把他放在地上。接着我又把脑袋探进厨房里看了看:"妈——妈?我到家啦!"

妈妈不在厨房。但是橱柜上放着一大堆东西。

"喵?"萨萨在地上好奇地叫着。

"萨萨,你也来看看!"我把他抱了起来,好让他能看清橱柜上都有什么。妈妈在那里放了一大盒全脂牛奶、一小罐原味酸奶、一把大勺子、一口锅、一大堆瓶瓶罐罐,还有一支食物温度计。"妈妈准备这些东西是要做什么呢?"

萨萨伸出一只爪子拍了拍牛奶盒:"喵喵?"

"我没听见你进门的声音,"这时候妈妈走进厨房,"我刚才还想着今天要做点不一样的东西呢。"她把一只手搭在我的肩膀上,"猜到我们要做什么了吗?"

"肯定是要用很多牛奶做的东西。对了,是要做奶酪吗?"

"不是奶酪,不过你猜得也不错,"妈妈拍了拍装酸奶的小罐,"咱们来自制酸奶吧!"

萨萨开心地打起了呼噜。

"太棒啦!可是这儿不是有一罐酸奶了吗?我不太明白,难道咱们要……拿酸奶做酸奶?"

"差不多吧。你知道吗?自制酸奶只需要两种原料就够了。"

"真的?只需要牛奶和……酸奶?"

"差不多就是这样!从技术上讲,需要的只有牛奶和活的细菌。在网上就能买到做酸奶用的细菌，不过还是直接从商店里买酸奶更方便。"

萨萨咕哝了几声。

"活的细菌？也就是说，酸奶里的细菌还活着？"我忍不住往后退了一步，"我不是才治好耳道的细菌感染吗？"

妈妈大笑着揉了揉萨萨的毛："细菌也分

很多种，就在咱们说话的时候，你的身体表面和体内都有很多种细菌呀。"

我身上有很多细菌？这可不妙。萨萨的毛竖了起来，我把他放在地上，挠了挠自己的胳膊。

妈妈笑得更厉害了。"瞧把你们两个吓的！不是所有细菌都是有害的。实际上，大多数细菌都对我们有帮助。吃饭的时候，体内的细菌

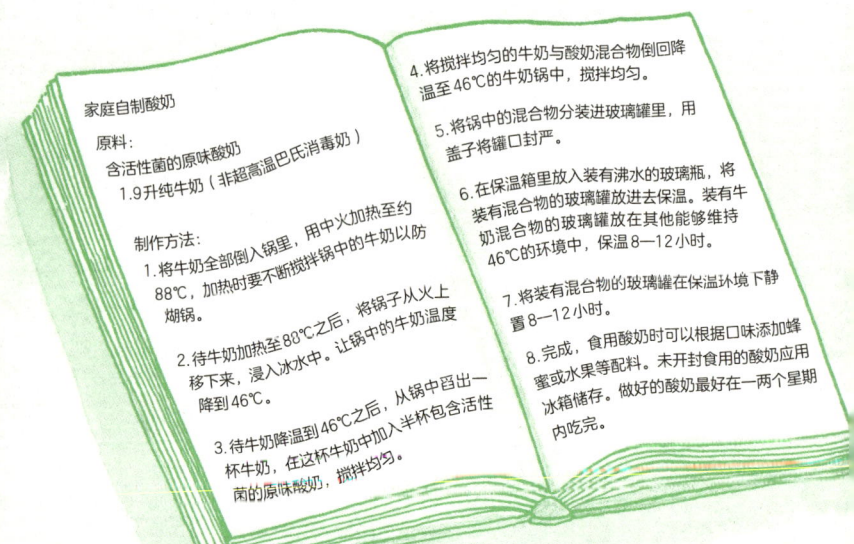

家庭自制酸奶

原料：
含活性菌的原味酸奶
1.9升纯牛奶（非超高温巴氏消毒奶）

制作方法：
1. 将牛奶全部倒入锅里，用中火加热至约88℃，加热时要不断搅拌锅中的牛奶以防糊锅。
2. 待牛奶加热至88℃之后，将锅子从火上移下来，浸入冰水中。让锅中的牛奶温度降到46℃。
3. 待牛奶降温到46℃之后，从锅中舀出一杯牛奶，在这杯牛奶中加入半杯包含活性菌的原味酸奶，搅拌均匀。
4. 将搅拌均匀的牛奶与酸奶混合物倒回降温至46℃的牛奶锅中，搅拌均匀。
5. 将锅中的混合物分装进玻璃罐里，用盖子将罐口封严。
6. 在保温箱里放入装有沸水的玻璃瓶，将装有混合物的玻璃罐放进去保温。装有牛奶混合物的玻璃罐放在其他能够维持46℃的环境中，保温8—12小时。
7. 将装有混合物的玻璃罐在保温环境下静置8—12小时。
8. 完成，食用酸奶时可以根据口味添加蜂蜜或水果等配料。未开封食用的酸奶应用冰箱储存。做好的酸奶最好在一两个星期内吃完。

会帮我们消化食物。还有一些细菌能保护我们的内脏，让它们不被危险的病毒伤害。除此之外，当然还有——"妈妈夸张地挥了挥胳膊，"我们甚至能用某些细菌来做好吃的东西。"

妈妈给萨萨搬了把椅子，又把锅、牛奶盒和配方推到我面前。

萨萨蹲在椅子上看着我干活。到了需要用炉灶的时候，妈妈也过来帮我。我们取出一部分热过的牛奶，把原味酸奶一点点放进去搅拌，萨萨却突然从椅子上蹦了下去，躲到桌子底下。

"怎么啦，小伙子？别忘了这里面的细菌可是好细菌呀！你不是最爱吃酸奶了吗？"

萨萨左右看了看，却还是蹲在桌子下面，一动不动。

我耸了耸肩膀，把搅拌均匀的酸奶和牛奶倒进那一整锅正在不断降温的热牛奶里。锅子却轻轻滑了一下。这可有点奇怪，我觉得房子好像动了起来。

妈妈看了看锅里的牛奶："看起来可真不错。现在只要把这些用玻璃罐子装起来，然后——"

橱柜上的所有罐子突然同时摇晃起来。

妈妈环顾了一圈："你感觉到了吗？"

我慢慢地点了点头，然后厨房里的桌椅也摇晃起来。

"地震啦！"妈妈喊道。

我和妈妈立刻钻到桌子底下，我用身子护住萨萨，抬起一只胳膊挡住脖子后面，另一只手抓住桌子腿。妈妈也保持着同样的姿势。

房子摇晃得越来越厉害，接着又慢慢停了下来。

我和妈妈刚抬起头，就听到谷仓前传来了门铃声。

第二章

门铃响啦!

门铃响了一下,又响了一下。

"我要出去看看吗?"我问妈妈。

"嗯,我觉得地震应该结束了,"妈妈说,"这可真是没想到!咱们这边从来不地震的。你没事吧?"

"没事,完全没问题。"

妈妈让我先留在桌子底下,她自己钻出去,看了看厨房里的情况。有一只玻璃罐子掉在地上,摔成了碎片。

门铃又响了起来。

"好吧,你赶快去看看是谁需要咱们帮忙。带上萨萨,我可不想让他踩到碎玻璃。我得先把碎玻璃收拾干净,再把搅拌好的牛奶放进保温箱里保温,这样明天咱们就有酸奶吃了。几分钟之后我就过去找你。对了,佐伊,如果你再次感觉到地震的话,就赶快找个掩体躲起来,躲开任何能从高处掉下来的东西!"

我点了点头,和萨萨一起跑出厨房。

我们跑到谷仓之前,门铃又响了两次。我一把拉开后门,刚迈出一步,就差点撞到一面彩虹墙上。

等等……那可不是什么彩虹墙,而是一只巨大的蹄子——一只像彩虹一样五颜六色的巨型马蹄,它几乎把整个门廊都塞满了。

我忍不住小小地尖叫了一声。

我努力地抬头往上看去——往上,往上,再往上,还得往上——然后在最最最上面的地方看到了一颗巨大的马脑袋，上面长着彩虹一样的马鬃，还有……一只亮闪闪的金角？不会吧，居然是一头独角兽？！

我清了清嗓子："呃……你好？"

头顶传来一个雷鸣般的声音："你好。我得了'疼疼'。小姑娘帮帮忙？"

这声音震得我耳朵都疼了！我往后退了两步，发现这头要多大有多大的独角兽抬着一只蹄子。这么说的话……难道地震就是它造成的？如果这么一头大独角兽一路拿三条腿蹦过来的话，那可真是……

一旁的树丛里传来一阵沙沙声，空气中也弥漫着好闻的薄荷味。我看向树丛，原来是我们的森林怪兽朋友吞吞钻了出来。

今天可实在是越来越奇怪了。

吞吞一脸平静地走到我身边："嘿，佐伊，你刚才感觉到地震了吗？"

"我……呃……这独角兽……"我结结

巴
　巴地
　　说着。

　　吞吞这才抬起头，看了看那头巨型独角兽："啊，你好吗，小家伙？"他拍了拍独角兽的腿。

　　这是小家伙？！我暗暗想着。

　　"怪物，你好。我得了'疼疼'。"

　　"唉，你这个小可怜！"吞

吞看了看独角兽抬着的那只蹄子,又点了点头,"我知道啦!原来刚才的地震是因为这个呀。佐伊,你还好吗?怎么不说话呢?"

"实在是……太大啦……"我小声嘟囔着。

"太大了?"吞吞咯咯笑了起来,"他分明还很小呢!应该还是个小宝宝吧。"

等等,他说什么?!

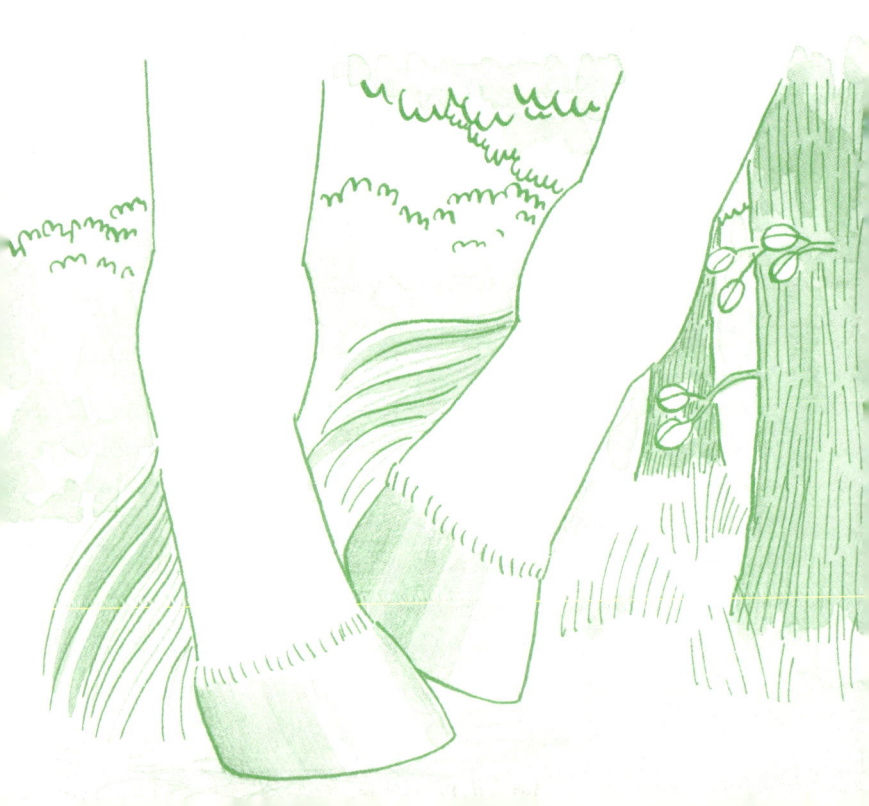

"吞吞,他这样已经很大啦!"

吞吞看起来有点困惑:"你以为他的个子应该多大?"

我的脸有点发红:"我还以为独角兽和马差不多大呢。"

吞吞笑得更开心了:"和马差不多大!你们人类可太逗啦!大家都知道,独角兽就是特

别特别大的呀!"他稍微歇了口气,"佐伊,这笑话可真是不错。"

这时候我才发现萨萨没有像以往一样蹦到吞吞身上让他抱,这可有点奇怪。我四下看了看,正准备喊他的名字,头上又传来了一声打雷似的巨响。

"疼疼,小姑娘帮忙?"

看来只能让萨萨等一会儿了。"真不好意思!"我向着独角兽大喊道,"我当然可以帮忙啦!你能给我看看'疼疼'在哪里吗?"

第三章

治疗"疼疼"

独角兽小心翼翼地放下那只巨大的蹄子。我和吞吞凑过去仔细查看。

我指着一道差不多和我的胳膊一样长的擦伤痕迹对吞吞说:"你觉得是因为这个吗?"

这时我背后突然传来一声尖叫。原来是妈妈赶了过来,她用双手托着两边的脸颊,抬头盯着眼前的独角兽。"我的老天!你可真

是个可爱的小家伙呀!"妈妈伸手搂住了我,"你看,佐伊,多神奇啊!这是个可爱的独角兽宝宝!"

我懊恼地拍了拍脑门,原来只有我一个人

不知道独角兽到底多大吗?

吞吞清了清嗓子。

"哎呀,吞吞,我刚才没看见你。"妈妈一边说,一边抱了抱吞吞,"你最近怎么样?"

吞吞转过身去,向我们显摆他亮闪闪的皮毛:"我可是好极了。刚才我还在森林里跟朋友们玩呢,感觉到地震之后,他们就让我来看是怎么回事。我觉得你们两个应该知道。"

独角兽不安地动了动,大地也跟着颤了两下:"请帮帮忙?"

"哎呀,不好意思!"我们三个同时喊了起来。

我指着那道擦伤对妈妈说:"我只发现了这个,不过和独角兽的大腿比起来,这只是一道很小很小的伤口呀。这对他们独角兽来说,是不是就相当于被纸划了一下?伤口虽然不大,但是很疼?"

妈妈绕着那条腿走了一圈,点了点头:

"我看到的也是这道伤口。所以你有什么计划吗?"

啊,对了,我还得想出一个计划才行。我开始自言自语,正准备好好思考一下,爸爸却突然推开了房子的后门。

"亲爱的,这些东西怎么都乱扔在地上?"爸爸喊道,"刚才地震了吗?"

妈妈转身对我说:"我最好过去跟你爸爸聊聊,幸好刚才他一直待在店里。他看不见魔法生物,所以现在这个情况肯定把他搞糊涂了!你一定能想出好主意来帮助这头独角兽的!如果你需要我帮忙,我就在屋子里面。"

"小姑娘看见'疼疼'了?小姑娘怎么帮忙?"

"我确实看到你的伤口啦,一定很疼吧?稍微等我一下,我得回去拿我的动脑筋护目镜,这样我就能想出主意来帮你了。只要几分钟就好!"我又接着对吞吞说:"我回去拿一下动脑筋护目镜,马上就回来。"

吞吞点了点头:"我也应该回去找朋友们了,他们还不知道是怎么回事呢。这个独角兽宝宝会没事的,对吧?"

"当然会没事的!"我挺了挺胸脯,"你可以跟朋友们说,这里就交给我啦!"

"我一定会跟他们说的。"吞吞说。

"多谢啦,吞吞!"

"啊,对了,替我向萨萨问好。"吞吞说完就转身回到森林里去了。

萨萨!这家伙跑到哪里去了?

我向吞吞挥手告别,一路小跑着回到谷仓里面。啊哈!就在动脑筋护目镜旁边,毯子底下露出一条橙色的大尾巴。那条尾巴哆嗦个不停,上面的毛全都竖起来了。

"萨萨?"我一边小声叫着,一边掀开了毛毯,露出了下面那只参着毛抖个不停的猫咪。好吧,至少还有萨萨像我一样,被独角兽的大块头吓了一跳。

"好啦,伙计,那不过是个独角兽宝宝。他不会伤害你的!"我努力对他解释着,但是不管我怎么说都没有用,萨萨实在是吓得不轻。

"那我去帮助他的时候,你就在这里等一会儿,怎么样?"

"喵……"萨萨很明显是同意了。

我轻轻地把毯子盖回萨萨身上，又轻轻地在他身上拍了拍。然后，我把动脑筋护目镜套在头上，准备回去找……对啦，我怎么有点不懂礼貌了呢？居然忘记问独角兽叫什么名字了。

我又把脑袋高高地扬了起来："你好啊！我已经戴好动脑筋护目镜了，所以应该很快就能想出点子来了！不过我刚才忘记问你啦，你有名字吗？"

独角兽点了点巨大的头，带起了一阵狂风，差点把我吹得坐在地上，我连忙抓住了身旁的一棵大树，才没有被大风刮跑。

"小小。"独角兽说。

这一定是在开玩笑吧？！"你的名字叫小小？"

独角兽又点了点头，这次是我的动脑筋护目镜被吹跑了。我一边跑过去追护目镜，一边在心里暗暗告诉自己，最好不要再问小小那种用"是"或者"不是"回答的问题了。

"很高兴认识你，小小！我的名字叫佐伊。来看看这里。你这条腿后面有一道小伤口。"

"佐伊给治治？"

"我会把你治好的。不过我得先想想要怎么做，嗯……"我敲了敲头上的动脑筋护目镜，突然感觉膝盖痒了起来。对啦！我的膝盖！我上个星期和朋友们在学校追着玩的时候

摔了一跤，当时我的膝盖也擦伤了。

"小小，如果是我自己擦伤了，或者割了口子的话，妈妈让我做的第一件事就是用水把伤口仔细洗干净。然后她会把伤口擦干，再涂上一点抗菌的药膏。这种药膏能杀死所有有害的细菌。最后她还会用创可贴把伤口包扎起来。这样，一两天之后，伤口就完全好了。我也准备这样替你治伤，不过用的所有东西都得大一点……我是说，你首先就需要一张更大的创可贴。"我想了想自己的小创可贴，又想了想小小的大蹄子，忍不住咯咯地笑了起来。

"好呀。"小小说。

"首先，咱们得清洗伤口。不过你可没法用普通的洗手池，我得找个更大的东西，"我推了推头上的动脑护目镜，"我需要一个特别特别大的水龙头……花园里的水管就可以！"

我连忙跑到谷仓旁边，把水管拖到小小身旁。

接下来还得准备擦干伤口。妈妈给我擦膝盖用的是毛巾,现在我得想想有什么更大的东西。这时我突然想到可以用毯子。把伤口擦干之后,我要想办法给小小涂上抗菌药膏——很多很多的抗菌药膏。最后再用一块巨大的创可贴给他包扎……那创可贴得和我自己差不多大才行!

"小小,我得去屋里拿点必要的东西,马

上就回来!"

我把计划告诉了妈妈,她帮我暂时引开了爸爸,好让我有时间把需要的东西都堆在厨房的桌子上:一条毯子、我最大的一只画刷、一大管除菌药膏、剪刀,还有

好几卷卫生纸、保鲜膜和宽胶带。

我把这一大堆东西抱在怀里,就回去找小小了。

"我得往你的蹄子上喷点水。"我一边说着,一边把水管举过头顶,仔细为他冲洗伤口。

"凉!"小小抱怨了一句。

"马上就好啦!"我对他喊道,"我得把泥

土和脏东西全冲掉才行。"

　　用水管冲完最后一次之后,我用毯子擦干了他的伤口。接着我又把药膏挤在画刷上,踮着脚把一整管药膏都涂了上去,再用折好的卫生纸轻轻盖住伤口。然后我拿起保鲜膜,绕着小小的腿转了一圈,让薄膜把纸巾牢牢地固定在正确的位置。做完这些,我用宽胶带把所有东西都粘好。

　　"好啦,小小,我觉得这样就行了。你明天再过来一趟,让我看看你的腿。应该很快就

能好起来。"

"佐伊真好,谢谢你。"

我走到距离谷仓和树林有一定距离的地方,才挥手向小小告别,然后我立刻蹲在地上,用双手护住脖子和脑袋,直到小小砰砰地蹦着走远了才站起来。

第四章

等待好消息

萨萨跳到我怀里,仰起脸来看着我。

我笑着点了点他的鼻子:"还有一点沾在你的鼻子上呢!"

他把鼻子上沾着的一点酸奶舔掉,在我腿上坐了下来,舒服地打着呼噜。

我和妈妈昨天保温的牛奶混合物居然真的像魔法一样变成了酸奶。好吧,说是"像魔法

一样"可能也不太对,因为是细菌辛辛苦苦工作了一夜,才把牛奶变成酸奶的。可是,我看不见细菌是怎么干活的,所以让我来说,这就是像魔法一样。

我又吃了一口酸奶:"真棒!原来细菌也这么好吃!"

妈妈笑着说:"加点蜂蜜也是个好主意吧?"

我对妈妈笑了笑,吃完最后一点酸奶:

"你觉得小小会没事吗?外面的雨那么大。"

"魔法生物恢复得很快。我想,他今天肯定好多了。"

萨萨突然吓了一跳,猛地站了起来,还不小心撞到了我的下巴。

"哎哟!"我抱怨道,"萨萨,你这是怎么了?"

萨萨没理我,他直直地盯着通往后院的

门,低声地咕哝了一声,就跳下去钻到桌子底下了。

"妈妈,萨萨这是怎——"我还没说完,就感到整个房子摇晃了起来,盘子震得咔咔作响,椅子也歪向一旁。是小小来了!

我和妈妈立刻也钻进萨萨躲着的桌子下面。我低下头,用手护住脖子。我原本以为

小小的伤已经治好了，可是，我们的房子现在摇晃得这么厉害，就说明小小的伤肯定还没有好。

"他怎么还瘸着一条腿呀？"我忍不住喊道。

妈妈低着头，用手护住了脖子："我知道，宝贝。你得等到门铃响了之后才能搞明白啦。"

摇晃终于停止了，谷仓前的门铃也同时响了起来。

爸爸跑进厨房："你们两个没事吧？最近这么多地震是怎么回事？这可不太妙！"

我和妈妈从桌子底下爬了出来，妈妈偷偷捏了一下我的胳膊，小声对我说："你趁我跟爸爸说话的时候赶快过去吧。"

爸爸亲了亲我的脑门儿，又抱了抱妈妈。往门口走的时候，我听见妈妈告诉他，自己会"让同事看看是怎么回事"的。爸爸可能以为她说的同事是大学里的其他教授吧，可是她指的其实是我。

我穿上雨衣，又套上雨靴。萨萨无论如何都不愿意跟我一起去，因为外面不仅下着大雨，还有一头巨大的独角兽。我一路避开路上的水坑跑到谷仓前面，如果小小好起来的话，我倒是的确打算好好踩踩水坑，不过现在不行。

小小看见了我,又往前蹦了一步。一只巨大的蹄子刚好踩进一个尤其大的水坑,溅起了一片水花,泥水溅了我一身。

"哎呀。"

我抹掉脸上的雨水,对小小报以微笑,毕竟被巨大的独角兽溅一身水的机会也不是每天都有。可是一看到小小还举着那条受伤的腿,

我就笑不出来了。

"你好啊,小小!你的腿怎么样啦?"我暗暗屏住了呼吸,希望能听到他说腿已经不那么疼了。

"腿不好。疼疼非常不好。"

我长长地吐出一口气,肩膀也垮了下去:"我能看看吗?"

小小慢慢地把伤腿放了下来。我一点点拆开了捆在上面的胶带,把所有胶带和保鲜膜都剥下去之后,我不禁倒吸了一口凉气:小小的伤口又红又肿,看起来比昨天还严重。

如果伤口又红又肿的话,那就说明它已经感染了。小小的腿伤只会越来越糟的。抗菌药膏在我身上很管用,在小小这里就不行了。我不知道接下来应该怎么办,就深深地吸了一口气,用最大的声音喊了起来:"妈——妈——"

第五章

现在怎么办？

妈妈拍了拍小小的伤腿，轻轻摇了摇头："你说得没错，佐伊。他的伤口的确是感染了。抗菌药膏没有发挥作用。你觉得咱们应该怎么办？"

"我不知道。"看着小小腿上可怕的伤口，我有点想哭。他的腿一定很疼吧？我真希望有办法能治好他。

"对了!我能去拿一下动脑筋护目镜吗?"

妈妈点点头,我立刻跑了回去。

我找到了动脑筋护目镜,把它戴在头上,调整了一下位置,就立刻转身回去找妈妈和小小。戴上护目镜大概十五秒钟之后,我就突然想出了主意。

"咱们可以做个实验!"我喊道。

妈妈笑了。

"我们需要治好伤口的感染。既然抗菌药膏不管用,我们就得找找看有没有别的东西能杀死伤口上的细菌。"

"是个好主意。"妈妈说,并且让我继续往下说。

"如果直接在小小的伤口上试的话,那么至少需要两三天才能看出有没有效果。"我来来回回地踱了几步,"所以我得想办法自己养一些细菌,这样就能用它们同时试验好几种不同的东西了。我还得找一找都有什么东西能用

来对付细菌。"我停下脚步,转过身对妈妈说,"有什么办法可以自己养细菌吗?还有……有没有其他的药膏可以用呀?"

"我帮你培养细菌,你专心找其他对付细菌的东西怎么样?"妈妈建议说。

我点了点头,这样应该能行。

我仰起头对小小喊道:"我需要做实验研究一下怎么治好你的伤口。你能在这里躺一会儿吗?我不想让你站太长时间,做实验还需要一点时间呢。"

趁小小开始点头之前,我连忙按住了头上的动脑筋护目镜,这才没被小小掀起的狂风吹走。

妈妈整理好被吹乱的头发,对我指了指谷仓的方向:"你帮我一起拿点东西回去,然后咱们就可以煮了。"

"煮什么?"

妈妈咧嘴一笑:"你很快就知道啦。现在你能帮我拿着点这个吗?还有这个?"

她先是递给我一大包又扁又平的……透明玻璃罐?包装上写着"培养皿"这几个字。接着她又塞给我一袋贴着"琼脂粉"的袋子,最后在自己的胳膊底下夹了一本她的旧科学笔记。

"回厨房拿其他东西啦!"她挥挥手让我跟上。

回到厨房以后,我把培养皿和琼脂粉放在

橱柜上，妈妈又拿出了一罐盐、一罐糖，还有一大盒牛肉清汤。

一直躲在屋子里的萨萨这时候溜到我们脚边，大声地喵喵叫着。

我给他搬了把椅子。妈妈把科学笔记翻开，推到我的面前，我把上面写着的配方念了出来：

基本琼脂培养基配方

原料：
糖：2.5 茶勺
琼脂粉：2.5 茶勺
低盐牛肉清汤：2 杯
水：2 杯

1. 把所有原料放进一口锅里，搅拌均匀。
2. 用中火加热至沸腾，不断搅拌以免糊锅。
3. 煮沸之后将锅从炉灶上移下，冷却3分钟。
4. 往每只培养皿里倒入薄薄一层琼脂。
5. 待琼脂冷却凝固后（需要30分钟）植入细菌。

✶ 为了更快得出结果，别忘了把培养皿放在温暖的地方！

"这看起来和做酸奶有点像,"我又看了一遍配方需要的原料,"但是比做酸奶恶心多了!就像要煮又甜又咸的牛肉汤一样。"

妈妈笑了:"把这些东西和琼脂混合起来的话,你就能做出一个几乎所有细菌都能生长的环境了。因为不同的细菌需要的食物也不一样,而这个配方里几乎什么东西都有一点。"

她边说边往笔记本电脑里输入了几个字,然后把电脑转向我。屏幕上全是这些扁平的玻璃罐子——所谓的培养皿——的照片。

"咱们做酸奶的时候,你是看不见细菌的,对不对?"妈妈问。

我摇了摇头:"看不见,那个看起来就是牛奶。"

"就是这样,因为所有东西都混在一块儿了,所以你看不见细菌在哪里。细菌实际上非常非常小,但是如果能让足够多的细菌聚集在同一个地方的话,它们就会形成这样的一个小点。"她指了指电脑屏幕上的一张照片,照片里的培养皿上到处都是小圆点,"咱们配方里的琼脂粉就像一种黏稠的胶。如果你在冷却后的琼脂混合物表面添加细菌,而不是把细菌混进琼脂混合物里,它就会只在那一个点上生

长。如果它长得足够好,一段时间之后,你通过斑点就知道细菌在哪里了。"

"太酷啦!"我拖动鼠标看着妈妈电脑上的照片,一张照片上的培养皿里有很多明亮的橙色斑点,"快看这个,萨萨!和你的颜色一样!"

妈妈点点头:"可是你得记住,有些细菌是非常危险的。我们把从小小伤口上取来的细菌放进培养皿之后,就要立刻用胶条把口封住,再把它们装进密封袋里。不管到时候细菌看起来多漂亮、多光滑、多可爱,或者多像萨萨,你都绝对不能打开培养皿,更不能伸手去摸。"

"我知道啦,我保证不会摸的!"

我和妈妈一起动手,按照笔记上的配方把所有东西混在一起,再放在炉灶上加热,好让里面的琼脂粉融化,最终煮成了一锅黏糊糊的浓汤。

"佐伊,这看起来可真不错!现在你能帮我把所有的培养皿都打开吗?再把它们都放在那张烘焙纸上?小心不要碰到培养皿里面,如果碰到的话,你手上的细菌就会沾在上面。咱们只需要小小身上的细菌,所以要尽量让这些培养皿保持干净。"

我小心翼翼地打开所有的培养皿,妈妈把锅子里热乎乎的溶液慢慢地倒了进去,又在计时器上设定了三十分钟。

"咱们得等这些琼脂混合物凝固,你们两个能趁这段时间去浴室的柜子里找点棉球和一次性手套吗?"

我们从浴室回到厨房的时候,萨萨兴奋地绕着我蹦来蹦去。我也放弃了抵抗,拿出一小把棉球扔给萨萨。我和妈妈等待琼脂混合物冷却的时候,萨萨就快活地追着棉球在厨房跑来跑去。

定时器的铃声一响,妈妈就先从烘焙纸上

挪出三个培养皿:"正式开始之前,我觉得你应该先练习一下把细菌涂在培养皿上。还记得我刚才说的吗?琼脂混合物就像很黏稠的胶冻,所以这样做可能有点难。"

我点了点头,追着棉球跑的萨萨一头撞到了我的腿。

"失误的话,可能会直接把东西捅进琼脂混合物的表面以下,这样就很难看见细菌生长

了。第一步是用棉球轻轻擦拭小小的伤口。咱们现在先把桌子当成小小的腿试一下。"

我拿起一个棉球,很轻很轻地擦了擦桌面。

"很好。接下来用棉球轻轻刷一刷第一个培养皿里的琼脂混合物表面。"

我试着照妈妈说的做,可是棉球粘在琼脂混合物上了。

"糟糕啦!"

"没关系,"妈妈说,"再试一次就好。"

做到第三次的时候，我已经能很好地用棉球擦琼脂混合物表面，也不会把表面弄破了。这时萨萨也跑了过来，骄傲地把他"捉住"的一只棉球扔在我脚边，逗得我咯咯地笑了起来。

妈妈越过我的肩膀看了看："干得好，佐伊！现在咱们可以正式开始啦。"

第六章

独角兽的魔法

这一次萨萨决定勇敢一点，跟我和妈妈一起到外面去。因为现在雨已经停了，小小也躺了下来，看起来终于显得小了一点点。

我们绕着水坑小心翼翼地走着，不过萨萨还没走到小小身边，就一个急刹车停了下来。哪怕现在已经躺在地上了，独角兽宝宝的块头还是非常大。

可怜的小小看起来非常糟糕。我深深吸了一口气,努力不去回忆自己的耳朵被细菌感染的时候是多么难受。我们的实验应该能帮上他。

"嘿,小小,我们会想办法把你的感染治好的。首先我得自己培养一些你伤口上的细菌,这样我们才能拿它做实验。所以我必须稍微碰一碰你的伤口,不过我的动作会很轻的,

这样可以吗?"

话音未落,我就意识到自己犯了一个错误——我居然又问了需要用"是"或者"不是"来回答的问题!不过,已经太晚啦!小小刚开始点头,我就拼命按住头上的动脑筋护目镜,妈妈也紧紧抓住了怀里抱着的东西,但是,倒霉的萨萨来不及躲了。一阵强风吹过,他打着滚儿掉进了一个大水坑。

落汤鸡似的萨萨在水坑里愣愣地坐了几秒钟，接着就尖叫着蹿了起来，他像个疯猫一样蹦来蹦去，想要把身上的水甩干。

"哎哟，萨萨！"我用双手捂住了两边的脸颊，"真是太对不起了！"

小小看着萨萨，问道："猫猫疼疼吗？"

"不是，他没有受伤，他只是非常讨厌沾水而已。别担心，身上水晾干以后他就没事了。"

小小把脑袋向着萨萨的方向伸了过去，不过我家这只疯疯癫癫的猫咪这时候满脑子只有把身上的水弄干，一点都没看见独角兽的角凑了过来。小小的角一碰到萨萨，一道彩虹一样的七彩光芒迅速亮起。而所有的光芒散去之后，萨萨的身上居然变得既干爽又干净了。

"哇！"

萨萨举起每只爪子仔细检查了一遍，又原地转了一圈。

"喵喵喵？"萨萨问道。

"小小治疼疼。"

萨萨眨了眨眼,然后开始慢慢地往小小身边走去。虽然他看上去仍然有点害怕,不过还是用脑袋蹭了蹭小小的腿,在小小身边坐了下来,还舒服地打起了呼噜。

这时候我突然想了起来:"小小!你可以用魔法治好腿上的伤口呀!"

小小却摇了摇头,好在这一次他的动作很轻,我们才没有被大风吹走。

"角对独角兽没用。角只能对别人用。"

妈妈也点了点头:"佐伊,看来你还没读到我笔记里讲独角兽的部分嘛。我以前见过好几头独角兽,他们的魔法只能用来帮助其他动物,在独角兽自己身上是没用的。但是你也不用担心,我们会找到办法来帮助小小的。"

我也挺了挺胸脯:"是啊,咱们肯定有办法的!"

我拿起一只棉球,小心翼翼地在小小的伤口里擦了几下,努力不去想它看起来比昨天严重了很多。然后我用擦过伤口的棉球在培养皿里轻轻涂抹。

妈妈帮我给培养皿盖上盖子,用胶带粘好封口,最后又把培养皿装在密封袋里。保险起见,我们总共取了四个培养皿的样本。

我拍了拍小小没受伤的那条腿:"现在我们得等着细菌长出来。我也得开始自己的研究啦。我首先得想想有什么东西能够对付这种细菌,然后列个清单把它们都写下来。"

　　小小点点头，但是他已经没多少力气了，所以只是掀起了一阵微风。

　　我的心情有点沉重。妈妈和我抱了抱小小，我又揉了揉萨萨的毛。他不愿意离开小小身边，我也就让他待在那里了。

第七章

到底什么
能派上用场呢？

就像做酸奶一样，我们得让这些细菌在温暖的地方生长。于是我们拿做酸奶用的保温箱当孵化器。妈妈把几个玻璃罐子灌满热水，放进保温箱，我把装在密封袋里的四个培养皿小心地塞到这些玻璃罐子中间，让每个培养皿都能受热。我和妈妈又把用过的所有东西都扔进垃圾桶，然后仔仔细细地把手洗干净。

"细菌长出来还需要一点时间,是吧?"

"是的,一般来说的确是这样,通常需要一到两天时间,我们才能在培养皿里观察到细菌。但是魔法生物似乎总是长得更快,所以我想,几个小时以后就有结果了。"

"啊,那就太好了!那么在等细菌长出来的这段时间里,我得想想要用什么东西在细菌上做实验。"我拍了拍头上的动脑筋护目镜,却什么都没想出来。于是我又开始绕着厨房溜达起来,一边走一边用手指敲着厨房的橱柜。走到水槽边的时候,我突然一眼看到了肥皂。

"对啦,可以用肥皂!"

"没错。"妈妈说。

"好啦,已经想出一个主意了,接下来还得多想几个。"我调整了一下护目镜,不知道为什么,我突然有点想要倒着走。于是我这样走了起来,走到橱柜尽头的时候,我又看到了装湿纸巾的盒子。妈妈一直是用这种消毒湿巾擦橱柜。

"还可以用消毒湿巾!"我兴奋地喊起来。

"这也是个好主意,还有吗?"

我又绕着厨房走了一圈,两只手来回搓着……等等,我想起来了。

"嘿,我记得苏菲的妈妈有一种用植物做的免洗洗手液,我们吃东西之前,她总是让我们先用那个来洗手。有没有可以用来杀死细菌的植物呢?"

"当然有啦!你想得很对!肥皂和消毒湿巾都是非常好的消毒剂。不过你得去书里查一查什么植物有用。我这儿刚好有合适的书。"妈妈走进书房,拿来了一本又大又厚的植物书。

"你耳道感染的时候吃的药是抗生素,涂在伤口上的是抗菌药膏,但是在这些东西发明之前,人们都是用植物来治疗伤口感染的。在这本书里能找到很多这方面的内容。你想好要

用哪几种植物之后就跟我说一声吧。"

我认真读了一会儿，又拿出了我自己的科学笔记。这本书里写到的植物可真多呀！于是我决定只选择能在家里找到的植物。列好一张清单之后，我从椅子上跳了下来。

"我有计划啦！"我高兴地喊道，虽然这时候厨房里一个人都没有，但我还是兴奋极了。我把科学笔记翻开了新的一页，开始在上面写道：

问题：

用什么东西可以去除小小伤口的细菌？

可是我怎么也集中不了注意力，所以我把所有东西都拿上，到外面去找萨萨。我得一边和他讨论一边写才行。

这次小小还醒着，不过他看起来还是很

难受。小小的眼睛也有一点肿，他几乎没有力气把脑袋从地面上抬起来。萨萨在小小的脑袋边上蜷成一团，我一走近，他就仰起头来看着我。

"我已经想出主意了。"我安慰他们说。然后我在小小的脑袋边上盘腿坐下，摊开科学笔记，接着刚才的地方写了起来。

"好啦，咱们来看看——我对这个问题的推论是什么。我是这么想的：肥皂或者消毒湿巾肯定能去除细菌。可是小小是从森林里来的，所以使用植物好像更合理。在我列出来的所有植物里面，洋葱可能是最有用的，因为洋葱总是让我的鼻子发酸、眼睛流泪，所以我想，它对细菌应该也很有用吧。"

推论：
洋葱可以去除小小伤口上的细菌。

"接着该写实验材料喽!"我像哼歌一样念叨着。

实验材料:
培养皿、琼脂混合物、棉球、密封袋、小小身上的细菌、大蒜、洋葱、牛至、百里香、肥皂、消毒湿巾、记号笔、胶带、勺子。

妈妈这时候也来到了后院:"怎么样啦?"

我跳了起来,骄傲地把科学笔记给妈妈看:"现在我要去看看培养皿里怎么样啦!"

我飞跑回厨房,向保温箱里仔细看了看。

"还什么都没有呢。"我回到后院对大家说。

"你的计划很不错,"妈妈把科学笔记还给我,"你在这里陪小小和萨萨待一会儿吧。等检查培养皿的时间到了我再叫你。"

"太感谢啦,妈妈!"我一边说,一边舒服地靠在我这两个最好的动物朋友身边。

第八章

遇到难题

小小的状态很不好。我用耙子替他梳了梳尾巴上的毛,这让他舒服了一点点。但是小小真正需要的还是立刻治好受伤的腿。我感觉自己在院子里等了好几个小时,妈妈才把我叫进去。

我立刻跑到保温箱旁边,打开盖子,满心激动地准备开始实验的第二部分。

"可是……"我抬头看了看妈妈,"本来这时候细菌应该已经长出来了吧?是吧?"

妈妈看了看墙上的钟:"确实,我以为这么长时间应该可以了。"

"可是它还没长出来,这是为什么呢?"

她在厨房的桌子旁边坐下:"要么是因为细菌还需要更多时间,要么是因为琼脂混合物里面缺少这种细菌必需的东西。我不太确定究竟是哪种情况。"

我坐在妈妈身边，重重地把脑袋搭在胳膊上："咱们得马上想个办法！我可不想再浪费时间了！"

妈妈轻轻拍了拍我的后背："我明白的。"

"咱们可以一边等着这些细菌长出来，一边试试新的琼脂混合物配方吧？"

妈妈点了点头："那就这么试试吧，这次你打算加点什么呢？"

我站起身，一边敲着动脑筋护目镜，一边来回溜达。"帮帮忙吧，动脑筋护目镜！帮我想想主意！"我轻轻地念叨着。

但是我现在一点都想不出什么新配方，能想到的东西居然只有酸奶。现在可不是吃点心的时候呀！

"真讨厌！"我噘起嘴巴，"我现在居然满脑子想着酸奶。可是我还不想吃东西呢！我想要解决这个……对啦！"

妈妈扬起一边的眉毛。

"哦！对啦！酸奶！当然是酸奶了！"

"你想到什么了？愿意跟我讲讲吗？"妈妈问。

"是这样。咱们已经知道的是，如果把商店里买的酸奶放到牛奶里，就可以用来培养做酸奶的细菌。因为这种细菌本来就住在酸奶里。"

"说得没错。"

"咱们也知道，小小感染的细菌能够在独角兽身上生长。所以咱们就得在琼脂混合物配方里加上一点……独角兽的成分！"

"啊，这可真是个好主意！佐伊，这肯定管用！你打算往琼脂混合物里面加点什么呢？"

"嗯，小小腿上的伤口周围全是皮毛。所以我可以从他的另外一条腿上剪点毛下来，再把这些毛加到琼脂混合物里？"

"好极了，你赶快去取小小的毛吧，我这就重新煮琼脂。"

我和妈妈没花多长时间,就用新煮的琼脂混合物灌满了培养皿。这次琼脂混合物里可有一点独角兽的成分啦!培养皿里的琼脂混合物一冷却,我就把它们拿到外面,先戴上手套,再小心翼翼地用棉球把小小伤口里的细菌涂在琼脂混合物上。妈妈也给保温箱里重新换了热水。我们把刚做好的培养皿放在旧培养皿边上。

盖上保温箱的盖子时,我对妈妈说:"之前那些培养皿里还是没有发生什么变化。"

"那就希望新的培养皿能有用吧!"妈妈答道。

我在厨房的桌子边坐了下来:"现在咱们只能等了。"

第九章

哇哦!

我们似乎等了很长时间,就好像这事永远不会结束一样,但实际上只过了差不多三个小时,妈妈就告诉我可以看看保温箱里面了。

"如果你没有看到细菌的话,也不要太失望。"妈妈提醒我。

我紧紧闭上眼睛,在心里暗暗许了个愿,才打开保温箱的盖子。

"哇哦！！！"

妈妈也立刻蹲下来凑近我。

"哇哦！！！"

我们盯着培养皿看了足足一分钟。新的培养皿里长满了亮闪闪的红色小点。真是漂亮极了……不过也有一点可怕。

"啊呀！我不能浪费时间了！"我跳了起来，"我现在就得开始做第二次试验！"

"我能帮你做点什么吗？"妈妈问我。

"你能再煮一点琼脂混合物吗？我这就去再拿一点独角兽毛，然后从花园里摘点洋葱、大蒜、牛至和百里香过来。"

"那就行动起来吧！"妈妈一边说，一边

起身走到灶台边。

我跑出后门。小小已经睡着了，萨萨正绕着他走来走去。我飞快地从小小腿上剪了一点点毛。我不想吵醒小小，而且我想，他应该不会介意的。接下来我又立刻跑进花园。我忙着干活的时候，萨萨一直跟在我身边叫个不停，还不时回头看着小小。看起来萨萨非常难过，小小的状况肯定越来越糟了。

"别担心，萨萨，我们已经加快速度啦！"我亲了亲小猫的脑袋，带着东西飞快地冲进厨房。

"小小的情况越来越糟糕了！妈妈！萨萨伤心极了！"

妈妈的眉头皱了起来："我知道，宝贝，不过我们也在努力做力所能及的事情呢。琼脂混合物已经煮好了，接下来怎么办？"

"我先把这些植物洗干净，然后……我想，应该把它们切碎，这样就能更好地混进琼脂混合物里面了。这样测量起来也更方便。你能帮我把食物料理机拿出来吗？"

妈妈帮我用料理机把洋葱、大蒜、牛至和百里香分别打碎。我拿来了肥皂和消毒湿巾，又找出一把大汤勺，用它来计算每个培养皿里应该加上多少材料。

"等等！"妈妈推过来一支记号笔，"别忘了做标记。"

"谢谢妈妈！我差一点就忘了！"我连忙

给七个培养皿分别做了标记:

做好标记之后,我往每个培养皿里加入一汤勺对应的原料,在取下一种原料之前,我也没有忘记先把勺子洗干净。不过湿巾稍微有点麻烦,所以我决定放一勺湿巾罐子里的液体进去。我留了一个什么都没有加的培

养皿作为对照，这样就能知道细菌在没有其他任何添加物的情况下的生长情况了。如果加过某一种原料的培养皿里细菌更少，就能确定这种原料有效。

妈妈小心翼翼地往每个培养皿里倒入等量的热琼脂混合物，我用一把干净的勺子把琼脂混合物和培养皿里的其他原料搅拌均匀，然后我们开始焦急地等待计时器提醒我们琼脂混合物冷却。这次妈妈也和我一起在厨房里溜达起来，等到铃声一响，我们立刻抓起所有东西向后院跑去。

小小的伤口比几个小时前更红更肿了，我深深地吸了好几口气，才没有让自己哭出来。这次试验必须成功。小小一定非常难受，因为我用棉球从他的伤口擦取细菌的时候，他居然一直在睡觉。妈妈把所有涂抹过细菌的培养皿封好，把它们装进密封袋里递给我。我把密封袋拿回厨房，放进保温箱里，妈妈也往保温箱用的热水瓶里灌了些新的热水。然后我们仔细把手洗干净，开始焦急地等待。

"嘿，你可以利用这段时间把实验步骤写下来呀。"妈妈建议说。

"好主意！"我立刻写了起来。

实验步骤：

1. 给七个培养皿做好标记。
2. 在标记着"什么都不加"的培养皿里不添加任何原料。
3. 在每个做过标记的培养皿里加入1汤勺对应的原料。每次加原料时都要用干净的勺子。
4. 向每个培养皿里倒入1/4杯加过独角兽毛的琼脂混合物。
5. 用干净的勺子将原料搅匀。
6. 等待30分钟，让琼脂混合物完全冷却、凝固。
7. 用棉球将细菌涂在琼脂混合物上。
8. 用胶带将培养皿封好。
9. 把培养皿放在密封的保温箱里，在保温箱中提前放入装满热水的罐子（用来让培养皿保温）。

"你觉得时间到了吗?"我问妈妈。

"我也不太确定时间够不够,不过看一看总没坏处。"

我们一起走向保温箱,我屏住呼吸,打开了盖子。

"太棒啦!!!"我和妈妈同时欢呼起来。我们终于找到了答案。

第十章

两个答案

实际上,我们得到了两个答案。"快看!"我拿起两个培养皿,"洋葱和大蒜都很有效!"

"太棒啦!"妈妈称赞道。

我又仔细看了看这两个培养皿。"嗯……看起来加洋葱的培养皿里还有一点点细菌,但是非常少。"我又看看加过大蒜的培养皿,"这个里面就真的什么都没有了。这是不是说明大

蒜是最好用的?"

"就是这样。"妈妈也笑了。

"那咱们就得用很多很多大蒜,可能得把家里所有大蒜都用上才行?"我爸爸特别喜欢大蒜,所以在后院里种了整整两排。既然小小腿上的伤口那么大,我可能得把这些大蒜都挖走。"你觉得爸爸会不高兴吗?"

"咱们得想个办法跟爸爸解释一下。"妈妈说,"不过我很确定,如果他也能看见小小的话,那么他一定很愿意把所有的大蒜都拿去给小小治伤的。"

这样我就放心了。现在小小的状态越来越不好,我实在是一秒钟都不想浪费。我蹬上鞋子,拿起一只空桶,飞快地跑出了厨房。

小小无精打采,几乎没法睁开眼睛。萨萨倒是一看见我冲出房门就跳了起来。"我们找到治疗伤口的办法啦!"我冲他们两个喊道,然后跑进花园,开始用最快的速度挖起大蒜来,没准儿还能打破什么世界纪录呢!

回到厨房之后,我和妈妈建立了一条小小的流水线。我负责把大蒜洗干净,妈妈负责把大蒜的根和叶子切掉,然后我把一头又一头的大蒜用料理机搅碎。我们的厨房闻起来简直像意大利餐馆一样!我又找来给小小包扎伤口用的各种材料,妈妈帮我把这堆东西和一大碗粉碎的大蒜一起搬到后院。

我们把所有东西都放下以后,萨萨迈着小碎步凑近装蒜的大碗,他轻轻闻了闻,然后皱起鼻子,打了一个大大的喷嚏。

我走到小小面前,温柔地拍了拍他的鼻子:"好啦,小小,我们已经找到解决问题的办法啦。我做了个实验,发现可以用大蒜来除掉感染你伤口的有害细菌。我已经切好了一大碗大蒜,现在只要很轻很轻地用它涂满你的伤口就好了。然后我会像之前一样给你包扎。几个小时以后你应该就没事了。"我又摸了摸他的鼻子,"我知道你一定很难受,可是只有你站起来,我才能更方便地给你涂大蒜、包扎伤口。那么,你能站起来一下吗?"

小小弱弱地点了点头,带起来的风甚至吹不动我的头发。哎呀,可怜的小小!

虽然花了一点时间,不过小小还是挣扎着站了起来,他小心地伸出受伤的腿,好让我更方便地处理伤口。

"首先,我得用这只干净的刷子把切碎的大蒜涂在伤口上,这样可能会有点疼!"

小小虽然稍微哆嗦了一下,不过还是没有乱动。

"接下来我要用纸巾把涂过大蒜的伤口盖住,再用保鲜膜包起来。妈妈,我绕保鲜膜的时候,你能帮我按一下纸巾吗?"妈妈双手按

住盖着伤口的纸巾,我拉着保鲜膜绕着小小的腿缠了一圈,好让它结结实实地裹在上面。最后我又用宽胶带把纸巾和保鲜膜粘牢,好让它们不从小小像树干一样粗的腿上滑下去。

我又拍了拍小小:"都包扎好啦,小小!如果你愿意的话,可以继续留在这里,萨萨会陪着你的。"

"小小家人会担心。小小该走了。"

"啊,对,有道理。"看到小小离开,我有点伤心,不过我知道,如果我离开家这么长时间,我的爸爸妈妈也会担心的,如果我还生着病的话,那就更糟糕了!

小小开始一蹦一蹦地走向森林。地面又震了起来,我和妈妈蹲下身子。但是萨萨跟了上去。

"萨萨!快回来!"我喊道,"你不能和小小一起去!"

可是萨萨根本不理我。这个讨厌鬼。

好在小小转过头来说:"猫猫不跟,小小很快回来。"

萨萨咕哝了几声,不情不愿地回到我们身边。小小的身影刚在森林中消失,爸爸就从房子里冲了出来。

"怎么又地震了?这可太糟糕啦!你们三个没事吧?"

糟糕,爸爸已经下班回来啦!妈妈跑到

爸爸身边，伸出一只胳膊搂住了他。和妈妈一起往回走的时候，爸爸明显一点点放松下来了。虽然不知道妈妈说了什么，不过看起来非常管用！

　　我在心里暗暗地祈祷，希望小小感觉好了一点，然后就回家吃晚饭了。

第十一章
细菌无处不在

第二天清晨,我和萨萨很早就起来了。我们花了差不多一个小时的时间,把鼻子贴在窗户上,眼巴巴地等着小小的身影出现。最后还

是妈妈给我们提了个建议,让我们在等待的时候干点什么。

于是,我首先在科学笔记上写下了昨天实验的结果。

实验结果

培养皿	细菌量
什么都不加	细菌很多。
肥皂	细菌很多。
消毒湿巾	细菌很多。
洋葱	只有两个很小的点。
大蒜	完全没有细菌,真棒!
百里香	比什么都不加的培养皿细菌少一些,但还是有很多细菌。
牛至	比什么都不加的培养皿细菌少一些,但还是有很多细菌。

结论:
去除这种独角兽身上的细菌最有效的是大蒜。

我写完了科学笔记,小小还是没有出现。

我和妈妈又煮了一些琼脂混合物,只是这一次没有加入独角兽毛。妈妈给了我一大把棉球,让我在房间里到处试一试。于是我又从好几个不同的地方取了细菌样本。比如我自己的脸上、萨萨的嘴里、我的鞋底、萨萨的爪子、浴室的水槽、厨房的水槽、前门的把手、我房间的门把手,还有我的手指甲缝。

"哎哟,这下培养皿可要变得很恶心喽!"我满怀期待地咯咯笑着。

我往最后一个罐子里倒满热水,刚刚把它放进保温箱里给培养皿加热,萨萨就跳上了厨房的橱柜。

"小萨,快下来!你知道这样做不对!"

可是萨萨不仅没有听我的话,还开始大声地喵喵叫,眼睛一直盯着窗外看。

"不会吧!"我尖叫起来,一道巨大的彩虹突然点亮了我们的后院。

我和萨萨立刻飞快地跑到后门,冲进院子

里。院子里到处都是五彩斑斓的光芒，就像梦里一样漂亮！

"小小！"我开心地喊道。

"喵！！！"萨萨也欢呼起来。

我们连蹦带跳地向小小跑去。小小的四条腿现在都好好地站在地上，身上还散发着耀眼的光芒，他看起来真的精神极了！

"佐伊治好了疼疼！佐伊像独角兽一样！"小小说。

我跑过去解开了小小腿上的"创可贴"，那道伤口昨天还又红又肿，今天就只剩下一道浅浅的粉色疤痕了。"这都是大蒜的功劳！"我高兴地说着。

突然一只手搭在我的肩膀上，原来是妈妈："你做到啦，宝贝！干得真是不错。"

妈妈一边说，一边拿来了我的照相机。

"妈妈，你真是个天才！"既然小小的伤已经好了，现在找他要个合影正合适。每次帮助过魔法动物，我总是会和他们一起拍张照片，再把照片贴在科学笔记里。这些有魔法动物的照片是最酷的，因为总会有一点点魔法留在照片里。

"小小?"我抬起头喊道,"如果你愿意和我一起拍张照的话,可以请你把脑袋低下来一点靠着我吗?"

我觉得自己这么提问还挺聪明的，因为这样小小就不需要点头或者摇头来回答，我们也不会被他掀起来的大风吹跑了。

小小低下头，我亲昵地抱住了他丝绒一样光滑的鼻子。妈妈趁机按下了快门："拍好啦！"

"小小，你能留下来跟我和萨萨多玩一会儿吗？"

"佐伊，对不起。小小要回家。小小很久没回家了。谢谢佐伊治疼疼。"

小小再次低下头，用鼻子分别蹭了蹭我们三个的脸蛋。萨萨用很大的声音打着呼噜。

正在这时，爸爸突然跑进后院。"这是怎么回事？"他到处看了看，难以置信地揉着眼睛，"之前是地震，现在咱们后院里又有这么大一道彩虹？"他走到我们身边，就站在距离小小的蹄子几英寸远的地方。因为他看不见小小，所以完全搞不明白发生了什么。"这可真是我见过最疯狂的事!"他在我们被彩虹填满的后院到处看着,却对那头巨大的独角兽视而不见。我和妈妈捂住嘴巴,努力不让自己笑出来。假如爸爸知道自己就站在一头独角兽脚下的话,那该多好玩呀!

趁着爸爸还在到处乱看的时候,我和妈妈偷偷向小小挥手告别。小小对我们最后说了一句"再见",就踏着优雅的步伐静静地跑进了森林。

妈妈悄悄地把照片塞进我手里,然后就和挠着头皮的爸爸一起回屋子里去了。

萨萨还是一副闷闷不乐的样子。我想,来点金枪鱼应该能让他开心起来。我把装满金枪鱼的碗放在地上,给了他一个大大的拥抱:"你真的很棒,你把小小照顾得很好!"

他用脑袋撞了撞我的腿,大口大口地吃起金枪鱼来。听见他舒服地咕噜起来,我就知道萨萨已经没事了。

我低头看了看手里的照片，拿着它左右转了转。曾经填满后院的彩虹在照片里闪闪发光，小小的身上也在闪闪发光。这让我情不自禁地微笑起来。

我把小小的照片夹进科学笔记，最后看了它一眼，接着把笔记翻开了全新的一页。这空白的一页正静静等待着与魔法动物的下一次相遇。

术语表

琼脂：一种像明胶的东西。如果你把它和其他原料混合，再放到培养皿里冷却，就可以在上面培养细菌。

抗生素：用来去除细菌的药（如果你得了细菌感染，医生可能就会给你开抗生素吃）。

细菌：一种很小很小的微生物，根据种类的不同，它们可能对人类有帮助，也有可能造成伤害。

消毒剂：一种可以清除细菌或者病毒的物质，比如肥皂或漂白剂。

感染：有害的细菌或者病毒进入你的身体，让你生病的现象。

培养皿：科学家用来培养细菌的容器。

作者

爱莎·西特洛

以前是教科学课的老师,不过她现在主要待在家里,一边写书,一边陪自己的两个孩子。她小时候也养过一只像萨萨一样的猫,他喜欢吃虫子,还总是能把爱莎逗得哈哈大笑(他最喜欢的玩具是一只塑料鼻子,他到哪里都带着它)。爱莎还写过三本儿童活动手册:《给孩子们的150种远离电视的活动》《好奇宝宝的科学书》《一点点泥土》。她至今没有在自家后院找到龙宝宝,不过她也一直留意着龙的动静,万一呢。

插画师

玛丽安·林赛

一位热爱故事的童书插画家,故事好不好,她一看就知道。她喜欢画任何东西,但是最喜欢画的还是猫,她花了很多很多时间画猫,甚至多得有点离谱,需要多画一些狗来平衡一下。她为绘本和小说画插图,也画油画、做设计。就像爱莎一样,玛丽安也一直留意着龙的踪迹,她有时觉得自己家的烘衣柜里就住着一条小小的龙。

图书在版编目（CIP）数据

独角兽与细菌/（美）爱莎·西特洛著；（美）玛丽安·林赛绘；夏高娃译. 一 北京：北京联合出版公司，2021.10

（佐伊总是有办法：给孩子的第一套科学实验故事书）

ISBN 978-7-5596-5134-1

Ⅰ.①独… Ⅱ.①爱… ②玛… ③夏… Ⅲ.①儿童故事－图画故事－美国－现代 Ⅳ.①I712.85

中国版本图书馆CIP数据核字（2021）第057870号

Unicorns and Germs
Text copyright 2018 by Asia Citro
Illustrations copyright 2018 by Marion Lindsay
This edition arranged with Kaplan/Defiore Rights
through Andrew Nurnberg Associates International Limited

独角兽与细菌

佐伊总是有办法：给孩子的第一套科学实验故事书

作　者：（美）爱莎·西特洛	绘　者：（美）玛丽安·林赛
译　者：夏高娃	出品人：赵红仕
产品经理：于海娣	版权支持：张　婧
责任编辑：徐　樟	特约编辑：丛龙艳
装帧设计：人马艺术设计·储平	内文制作：任尚洁

北京联合出版公司出版
（北京市西城区德外大街83号楼9层　100088）
北京联合天畅文化传播公司发行
天津中印联印务有限公司印刷　新华书店经销
字数 210千字　787毫米×1092毫米　1/32　19.75印张
2021年10月第1版　2021年10月第1次印刷
ISBN 978-7-5596-5134-1
定价：136.00元（全6册）

版权所有，侵权必究
未经许可，不得以任何方式复制或抄袭本书部分或全部内容
如发现图书质量问题，可联系调换。质量投诉电话：010-89843286/64258472-800

"Those who don't believe in magic will never find it." Roald Dahl

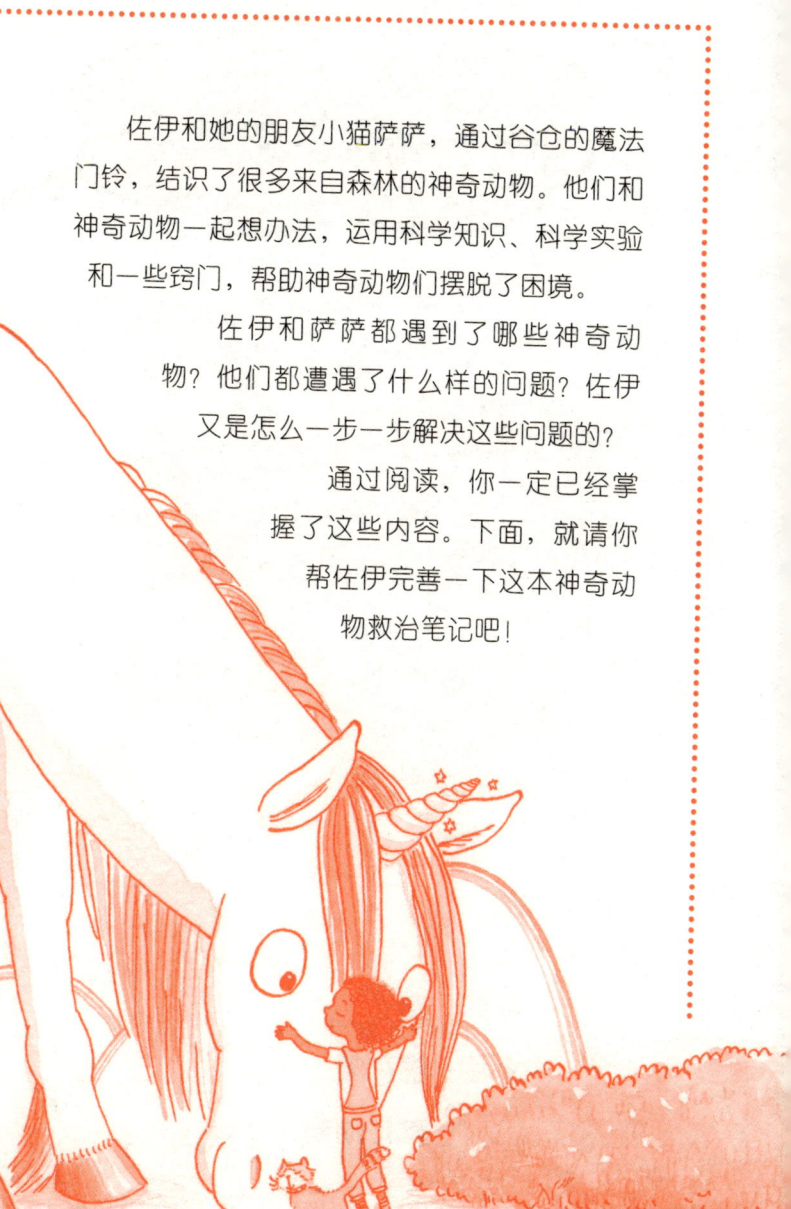

佐伊和她的朋友小猫萨萨，通过谷仓的魔法门铃，结识了很多来自森林的神奇动物。他们和神奇动物一起想办法，运用科学知识、科学实验和一些窍门，帮助神奇动物们摆脱了困境。

佐伊和萨萨都遇到了哪些神奇动物？他们都遭遇了什么样的问题？佐伊又是怎么一步一步解决这些问题的？

通过阅读，你一定已经掌握了这些内容。下面，就请你帮佐伊完善一下这本神奇动物救治笔记吧！

神奇动物基本信息

物种： 龙

名字： 棉花糖

归类： 爬行动物

基础症状和初步判断

基础症状：虚弱、无力；轻微咳嗽

初步判断：怀疑感冒；饥饿

救助计划

进行食物实验，寻找合适食物。

实验材料

蚯蚓、苹果片、鸡蛋、奶酪、棉花糖、麦片、格兰诺拉麦片巧克力棒

实验步骤

1. 在每个盘子中放一种食物，再把盘子放在与龙宝宝同等距离的位置。
2. 走出围栏，观察他会做什么。
3. 记录他吃的食物。

实验结果

龙宝宝喜欢吃棉花糖。

救助效果

龙宝宝健康地长大，学会了抓鱼。

神奇动物基本信息

物种：＿＿＿＿＿＿＿＿＿＿

名字：＿＿＿＿＿＿＿＿＿＿

归类：＿＿＿＿＿＿＿＿＿＿

基础症状和初步判断

救助计划

实验材料

实验步骤

实验结果

救助效果

神奇动物基本信息

物种: _____

名字: _____

归类: _____

基础症状和初步判断

_____
_____

救助计划

_____

实验材料

_____
_____

实验步骤

_____
_____
_____

实验结果

_____
_____

救助效果

_____
_____

神奇动物基本信息

物种：_____

名字：_____

归类：_____

基础症状和初步判断

_____
_____

救助计划

_____

实验材料

_____
_____

实验步骤

_____
_____
_____
_____

实验结果

_____
_____

救助效果

_____
_____

神奇动物基本信息

物种：_____

名字：_____

归类：_____

基础症状和初步判断

_____
_____

救助计划

_____
_____

实验材料

_____
_____

实验步骤

_____
_____
_____
_____

实验结果

_____
_____

救助效果

_____
_____

神奇动物基本信息

物种: _____

名字: _____

归类: _____

基础症状和初步判断

_____
_____

救助计划

_____
_____

实验材料

_____
_____

实验步骤

_____
_____
_____

实验结果

_____
_____

救助效果

_____
_____

神奇动物基本信息

物种： _____

名字： _____

归类： _____

基础症状和初步判断

_____
_____

救助计划

_____

实验材料

_____
_____

实验步骤

_____
_____
_____

实验结果

_____
_____

救助效果

_____
_____

神奇动物基本信息

物种: _____

名字: _____

归类: _____

基础症状和初步判断

_____
_____

救助计划

_____

实验材料

_____
_____

实验步骤

_____
_____
_____

实验结果

_____
_____

救助效果

_____
_____

你能想到佐伊和萨萨接下来还会遇到哪些神奇动物吗？或者，如果你也拥有一个魔法门铃的话，你希望自己会遇到哪些魔法动物？他们会因为什么问题向你求助？你又打算如何帮助他们呢？

接下来，就是属于你自己的魔法动物救治时间啦！准备好了吗？写出来跟我们大家一起分享吧。

19

神奇动物基本信息

物种: _____

名字: _____

归类: _____

基础症状和初步判断

_____
_____

救助计划

_____

实验材料

_____
_____

实验步骤

_____
_____
_____

实验结果

_____
_____

救助效果

_____
_____

神奇动物基本信息

物种： _____

名字： _____

归类： _____

基础症状和初步判断

救助计划

实验材料

实验步骤

实验结果

救助效果

神奇动物基本信息

物种：_____

名字：_____

归类：_____

基础症状和初步判断

救助计划

实验材料

实验步骤

实验结果

救助效果

神奇动物基本信息

物种：　＿＿＿＿＿＿＿＿＿＿＿＿＿＿＿

名字：　＿＿＿＿＿＿＿＿＿＿＿＿＿＿＿

归类：　＿＿＿＿＿＿＿＿＿＿＿＿＿＿＿

基础症状和初步判断

救助计划

实验材料

实验步骤

实验结果

救助效果

神奇动物基本信息

物种： _____

名字： _____

归类： _____

基础症状和初步判断

救助计划

实验材料

实验步骤

实验结果

救助效果

神奇动物基本信息

物种: _____

名字: _____

归类: _____

基础症状和初步判断

_____

_____

救助计划

_____

实验材料

_____

_____

实验步骤

_____

_____

_____

实验结果

_____

_____

救助效果

_____

_____

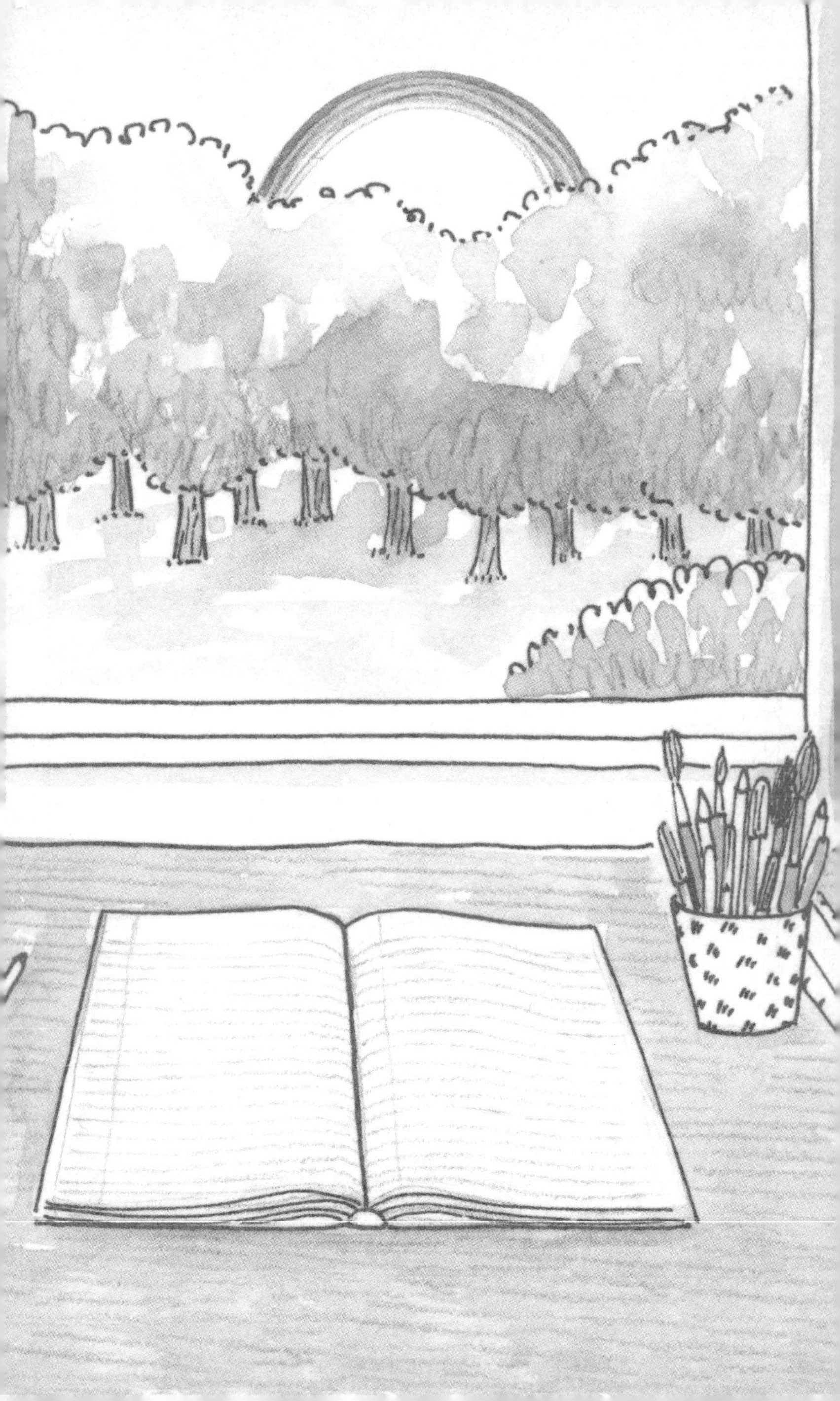

总则

只改变实验中的一项条件，
其他条件保持不变。

安全守则

动植物安全

· 在不了解之前,尽量不直接用手接触动植物。
· 接触后第一时间洗手。
· 善待动植物,不做伤害动植物的动作。

物品安全

· 远离危险物体。
· 使用剪刀等物品时要做好保护,比如戴手套。
· 禁止用锋利物品对着他人。
· 未经家长或老师允许,禁止接触或者闻化学用品。
· 不小心接触有害物体后要尽快洗手,必要时尽快就医。

人身安全

· 在使用可能会弄脏或损坏织物的材料时,穿好防护服。
· 在有强光或者有化学污染物的环境中,戴好防护镜。
· 接触不明环境或不明物体时,尽量戴手套。
· 遵循家长或老师的指导,避免自己受伤,也避免伤害他人。

> 哺乳动物?
> 爬行动物?

佐伊和她的朋友小猫萨萨,成功地帮助了一只龙宝宝。在帮助龙宝宝棉花糖的过程中,佐伊运用了从科学家妈妈那里以及书本上学到的动物分类知识,你发现了吗?

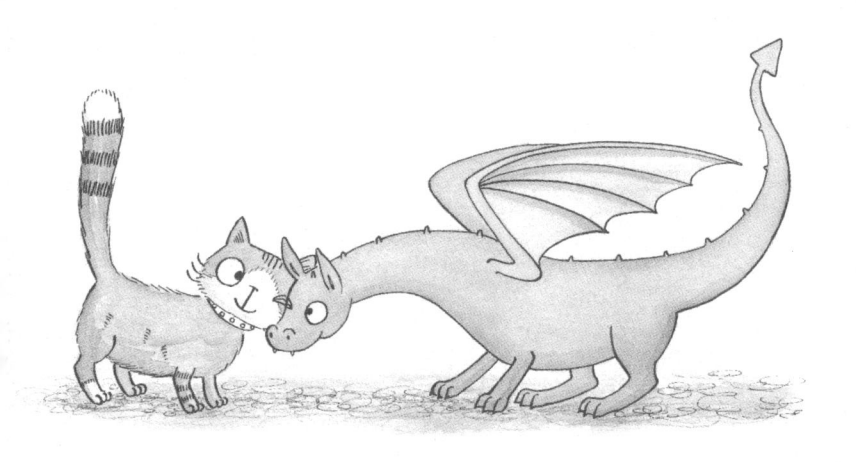

哺乳动物

> 萨萨是哺乳动物。

- 脊椎动物。
- 体温恒定。
- 用肺呼吸。
- 体表有毛。
- 胎生。
- 哺乳。

爬行动物

> 棉花糖是爬行动物。

- 脊椎动物。
- 体温不恒定。
- 用肺呼吸。
- 体表有鳞片或坚甲。
- 卵生。
- 运动时四肢着地,爬行。

在你身边的动物中,哪些是哺乳动物?哪些是爬行动物?你还知道其他给动物分类的方法吗?一起写下来吧。

哺乳动物	爬行动物

其他分类方法:

寻找防腐剂

怪兽吞吞的身上长满了霉菌,佐伊和她的朋友小猫萨萨在帮助他的时候,从家中的厨房里找到了很多防腐剂,最后成功帮助吞吞打败霉菌,参加了怪兽舞会。

你能通过实验,找到家中的防腐剂吗?

实验目的
找出家中的防腐剂。

实验材料
密封袋、面包切片、水、油、盐、糖、醋、蜂蜜、果酱。

实验方法和步骤
1. 在每个密封袋中放入等量的面包切片。
2. 第一个袋子里什么都不放之外，其他袋子分别放入等量的其他材料。
3. 将袋子密封放好。每天按时检查，看看有没有霉菌长出来。
4. 与第一个袋子对比，看看哪个袋子里的材料更适合做防腐剂。

实验结果

适合做防腐剂	不适合做防腐剂

酸性还是碱性?

佐伊家旁边美丽的小溪生病啦!生活在里边的蜉蝣宝宝都消失了,小水马们也都感到身体不舒服,而且没食物可吃。

究竟发生了什么事?佐伊在妈妈的帮助下,通过pH值测试,发现原来溪水被污染了。他们经过努力找到了污染源,警示大家,关爱环境,美丽的小溪渐渐恢复了正常。小水马们得救了。

从家里收集一些材料,你也来做一个pH值测试实验吧。

实验目的

判断家中各种溶液、各类水果的酸碱度。

实验材料

pH试纸、纯净水、醋、盐、玉米淀粉、洗衣液、洁厕灵、葡萄、橙子、酒精、一次性纸杯。

实验方法和步骤

1. 取等量纯净水、醋、洗衣液、洁厕灵、酒精,分别倒入纸杯。
2. 将盐、玉米淀粉分别倒入纸杯,加入等量水,搅拌均匀。
3. 将葡萄、橙子分别榨汁,取等量,分别倒入纸杯。
4. 将pH试纸分别放入各种液体中,浸湿后取出,与标准值比对:pH值等于7的是中性,小于7的为酸性,大于7的为碱性。

实验结果

酸性物体 & 碱性物体

冰融化啦!

连续几天的大雪,让神奇动物猫猫蝶的卵被冻在洞里。这可怎么办呢?他们只好通过魔法门铃向佐伊求助。

佐伊在妈妈的帮助下,通过几次试验,终于从冰雪中救出了猫猫蝶的卵,并且借助科学实验,种出了更多适合猫猫蝶幼虫的食物。

你知道如何让冰融化得更快吗?做个实验尝试一下吧!

实验目的

加快冰的融化。

实验材料

四个烧杯（或者一次性纸杯）、冰块、常温水、热水、盐、秒表。

实验方法和步骤

1. 将冰块放入提前准备好的四个烧杯（或纸杯）中，记住，四个杯子中的冰块要大小相等。
2. 第一杯不放任何东西，将等量的热水和常温水分别加入第二、第三个杯子。
3. 将适量盐加入第四个杯子。
4. 观察冰块融化的过程，用秒表进行计时，记下时间，比较哪个杯子里的冰块融化得更快。

实验结果

冰的融化时间

种在哪里合适？

皮皮带着一颗神奇种荚来到佐伊的谷仓。万一世界上只剩下最后一颗这种植物的种子,那该怎么办?一定要把它送回原处并且让它健康生长呀!

佐伊和皮皮、萨萨一起,在妈妈的帮助下,终于成功种植出这种神奇植物,并且将它送回原来生长的地方,它甚至结出了新的种荚呢!

这个过程可真是太美好啦!你也来做个实验吧,看看身边的植物适合种在什么样的环境里。

实验目的

给植物找到最适合生长的环境。

实验材料

铲子、手套、花盆、植物种子、标签、记号笔、尺子、盆栽土、泥土、沙土、自来水、石子。

实验方法和步骤

1. 将等量的盆栽土、泥土、沙土、石子和自来水分别放入五个花盆中,并在花盆上贴好标签。
2. 用铲子在装有盆栽土、泥土、沙土和石子的花盆中铲出四个小洞,将种子放入其中,盖好土。
3. 往水盆中直接投入种子。
4. 除了水盆,给其他花盆浇入等量的水。
5. 每天检查种子的生长情况,看看哪种环境更适合种子生长,记录实验结果。

实验结果

不同环境的生长记录

谁能杀菌消毒?

佐伊家地震啦?其实并没有,是巨大的独角兽宝宝——小小前来向佐伊求助。小小的腿上有一道长长的伤口,已经被细菌感染了。小小非常难受,疼痛难忍。该怎么办呢?

这可难不倒我们的佐伊,她在妈妈的帮助下,通过科学实验,成功找到了杀菌的东西,帮助小小治愈了腿伤,还在院子里看到了美丽的彩虹呢!

你能通过实验,在家里找到能够消毒和杀菌的物品吗?

实验目的

找出家里的消毒和杀菌物品。

实验材料

培养皿、琼脂混合物、勺子、记号笔、标签、棉签、酒精、洋葱、大蒜、肥皂、除菌湿巾、洗手液。

实验方法和步骤

1. 将培养皿做好标记,在每个培养皿中加入对应的原料(酒精、洋葱、大蒜、肥皂、除菌湿巾、洗手液)。记住,每种原料要一样多。

2. 往每个培养皿中加入等量的琼脂混合物。

3. 用棉球在手上或者桌子上擦两下,然后轻轻涂在琼脂混合物上。

4. 将培养皿封好,放入密封的保温箱里。记得提前在保温箱中放入装满热水的罐子,用来给培养皿保温。

5. 一定时间后,观察培养皿情况,将不同物品的杀菌效果记录下来。

实验结果

不同物品的杀菌效果

佐伊在帮助神奇动物的过程中，做了很多很多实验，你发现了吗？除了前边列举的实验，你还对书中的哪个实验感兴趣？

如果你也拥有一个魔法门铃，你遇到的神奇动物会因为什么问题向你求助？你又打算通过哪些实验来帮助他们呢？

准备一下实验材料，按照书中的步骤，或者在爸爸妈妈的指导下体验一下吧。

实验名称

实验目的

实验材料

实验方法和步骤

实验结果

实验名称

实验目的

实验材料

实验方法和步骤

实验结果

实验名称

实验目的

实验材料

实验方法和步骤

实验结果

实验名称

实验目的

实验材料

实验方法和步骤

实验结果

实验名称

实验目的

实验材料

实验方法和步骤

实验结果

实验名称

实验目的

实验材料

实验方法和步骤

实验结果

实验名称

实验目的

实验材料

实验方法和步骤

实验结果

实验名称

实验目的

实验材料

实验方法和步骤

实验结果

实验名称

实验目的

实验材料

实验方法和步骤

实验结果

实验名称

实验目的

实验材料

实验方法和步骤

实验结果

实验名称

实验目的

实验材料

实验方法和步骤

实验结果

实验名称

实验目的

实验材料

实验方法和步骤

实验结果

实验名称

实验目的

实验材料

实验方法和步骤

实验结果

实验名称

实验目的

实验材料

实验方法和步骤

实验结果

实验名称

实验目的

实验材料

实验方法和步骤

实验结果

实验名称

实验目的

实验材料

实验方法和步骤

实验结果

佐伊和她的朋友小猫萨萨，通过谷仓的魔法门铃，结识了很多来自森林的神奇动物。他们和神奇动物一起想办法，运用科学知识、科学实验和一些窍门，帮助神奇动物们摆脱困境。

读完全书，通过下面给出的三步法，你能用简单的语句描绘出佐伊与神奇动物的故事吗？

看图写话超简单，三步就能写出精彩故事

第一步

抓住重点
（写下一句话）

第二步

找出细节
（把句子变长）

第三步

加入想象
（让句子丰满）

示例（一）

1 抓住重点
（写下一句话）

是什么	猫
叫什么	萨萨
谁的	佐伊的
颜色	橘黄色

佐伊有一只橘黄色的小猫，叫萨萨。他们每天都在一起。

2 找出细节（把句子变长）

外形	橘色的毛　大大的眼睛　长长的尾巴
性格	活泼可爱　有点胆小
评价	招人喜欢

　　佐伊有一只可爱的小猫，叫萨萨。他们每天都在一起。萨萨穿着一件橘色的皮衣，毛茸茸的，摸起来特别舒服。他长着一双大大、圆圆的眼睛，非常精神，长长的大尾巴十分灵活。萨萨是一只非常活泼的小猫，就是有一点胆小，陌生人或者太大的动物他都害怕，而且他还怕水！但是这不妨碍他是一只招人喜爱的小猫！

3 加入想象（让句子丰满）

他是一个非常出色的小帮手，能帮助佐伊做好多事情。

他还是一个很好的朋友，每天跟佐伊一起玩耍、学习、做实验！

佐伊有一只可爱的小猫，叫萨萨。他们每天都在一起。萨萨穿着一件橘色的皮衣，毛茸茸的，摸起来特别舒服。他长着一双大大、圆圆的眼睛，非常精神，长长的大尾巴十分灵活。萨萨是一只非常活泼的小猫，就是有一点胆小，陌生人或者太大的动物他都害怕，而且他还怕水！但是这不妨碍他是一只招人喜爱的小猫！他是一个非常出色的小帮手，能帮助佐伊做好多事情。他还是一个很好的朋友，每天跟佐伊 起玩耍、学习、做实验！

示例（二）

1 抓住重点
（写下一句话）

时间	一天下午
地点	谷仓
谁	佐伊　萨萨
做了什么	抱回龙宝宝

　　一天下午，佐伊和她的好朋友小猫萨萨，将一只龙宝宝抱回了谷仓。

2 找出细节（把句子变长）

外形	小小的　浑身长满鳞片
神态	悲伤
动作	看

一天下午，佐伊和她的好朋友小猫萨萨，将一只龙宝宝抱回了自家的谷仓。龙宝宝非常可爱，他浑身长满了鳞片，长着一颗小小的脑袋和一对小小的翅膀，还有一条长长的尾巴。他的眼睛里充满了悲伤，静静地看着佐伊和萨萨。

3 加入想象
（让句子丰满）

龙宝宝从哪里来？它肯定是需要帮助才来谷仓的。

龙宝宝咳嗽了一下，他一定是感冒了，得把他转移到温暖的地方。

佐伊和她的好朋友小猫萨萨，将一只龙宝宝抱回了自家的谷仓。龙宝宝非常可爱，他浑身长满了鳞片，长着一颗小小的脑袋和一对小小的翅膀，还有一条长长的尾巴。

他的眼睛里充满了悲伤，静静地看着佐伊和萨萨。龙宝宝看起来特别虚弱，一副有气无力的样子。佐伊怜爱地看着龙宝宝问道："小家伙，你从哪里来？你怎么了？你既然来了谷仓，就肯定是需要我们的帮助。"龙宝宝抬起头，轻轻地咳嗽了一下。这可不妙！他一定是感冒了。佐伊决定趁着他再咳嗽起来之前把他转移到温暖的地方。

示例（三）

1 抓住重点
（写下一句话）

时间	午后
地点	后院
谁	萨萨　怪兽
做了什么	萨萨扑向怪兽　怪兽躲闪

午后，萨萨在后院见到了怪兽，萨萨扑向怪兽，怪兽向后躲闪。

2 找出细节（把句子变长）

环境	灌木丛　花草
动作	跳跃扑过去　后退
表情	萨萨高兴　怪兽害怕

午后，佐伊的小猫萨萨来到后院。不远处的灌木丛郁郁葱葱，中间还点缀着几朵漂亮的花朵。一只小怪兽从灌木丛中钻了出来。萨萨高兴极了，蹦蹦跳跳地朝他跑过去。等离他足够近了，萨萨高高地蹲了起来，朝着小怪兽的前胸扑过去。小怪兽吓坏了，赶忙抬起脚，跌跌撞撞地向后退去。

3 加入想象
（让句子丰满）

> 萨萨一定觉得怪兽跟自己很像！

> 怪兽被萨萨肚子咕噜咕噜的声音吓坏啦！

　　午后，佐伊的小猫萨萨来到后院。不远处的灌木丛郁郁葱葱，中间还点缀着几朵漂亮的花朵。一只小怪兽从灌木丛中钻了出来。他长着一身橙色的软毛，萨萨高兴极了，这是他第一次见到跟自己皮毛颜色一致的动物。萨萨蹦蹦跳跳地朝怪兽跑过去，等离他足够近了，萨萨高高地蹿了起来，朝着小怪兽的前胸扑过去。小怪兽吓坏了，用双手捧着脸颊尖叫起来："这个家伙想要吃掉我！我都听见它的肚子咕噜咕噜响了！救命呀！"还一边说着一边抬起脚，跌跌撞撞地向后退去。

示例（四）

1 抓住重点
（写下一句话）

时间	夏天
地点	小溪边
有谁/什么	佐伊 萨萨 皮皮 小水马 野花 蝴蝶 小溪

　　夏天来了，野花盛开，溪水潺潺，蝴蝶飞舞，佐伊、萨萨、皮皮在溪水边见到小水马。

2 找出细节
（把句子变长）

远景	飞过花丛的蝴蝶
近景	游动的小水马
画面	鲜花盛开　溪水潺潺　水马悠然游水

　　夏天来了，一切都是欣欣向荣的样子。溪水潺潺，小草绿油油的，野花也都露出了笑脸。蝴蝶翩翩起舞，在花丛中快乐地穿行。水马在小溪里优雅地游动，强壮的鱼一样的尾巴在身体游动的时候上下摆动。佐伊把双手探进水里，敬畏地看着小水马。皮皮钻出水面，爬到佐伊的手腕上，小猫萨萨目不转睛地盯着小溪里的水马。

3 加入想象
(让句子丰满)

> 世界可真是神奇啊！除了我们周围漂亮的花草、可爱的动物，还有像小水马这样的神奇动物。

> 大自然仿佛是个看不见的魔术师，给世界增加了漂亮的色彩和无数的乐趣！

夏天来了，一切都是欣欣向荣的样子。溪水潺潺，小草绿油油的，野花也都露出了笑脸。蝴蝶翩翩起舞，在花丛中快乐地穿行。水马在小溪里优雅地游动，强壮的鱼一样的尾巴在身体游动的时候上下摆动。佐伊把双手探进水里，敬畏地看着小水马。皮皮钻出水面，爬到佐伊的手腕上，小猫萨萨目不转睛地盯着小溪里的水马。世界可真是神奇啊！除了我们周围漂亮的花草、可爱的动物，还有像小水马这样的神奇动物。大自然仿佛是个看不见的魔术师，给世界增加了漂亮的色彩和无数的乐趣！

练一练（一）

1 抓住重点
（写下一句话）

是什么	
叫什么	
谁的	
颜色	

2 找出细节（把句子变长）

外形	
性格	
评价	

3 加入想象
（让句子丰满）

练一练（二）

1 抓住重点
（写下一句话）

时间	
地点	
谁	
做了什么	

2 找出细节
（把句子变长）

| 外形 |
| 神态 |
| 动作 |

3 加入想象（让句子丰满）

练一练（三）

1 抓住重点
（写下一句话）

时间

地点

人物

事件

2 找出细节（把句子变长）

外形	
神态	
动作	

3 加入想象
（让句子丰满）

练一练（四）

1 抓住重点
（写下一句话）

时间

地点

有谁/什么

2 找出细节
（把句子变长）

远景	
近景	
画面	

3 加入想象
（让句子丰满）

练一练（五）

1 抓住重点
（写下一句话）

时间

地点

人物

事件

2 找出细节
（把句子变长）

外形	
神态	
动作	

3 加入想象（让句子丰满）

通过前面的示例和练习,你是不是变得胸有成竹、敢写爱写了呢?佐伊和萨萨还有很多有趣的经历,挑出你感兴趣的画面,继续用我们的三步法进行写作练习吧。

想象一下,佐伊接下来会遇到什么样的神奇动物呢?请描述出来分享给大家吧。

可以充分发挥想象,让它完全变成属于你自己的故事哦!

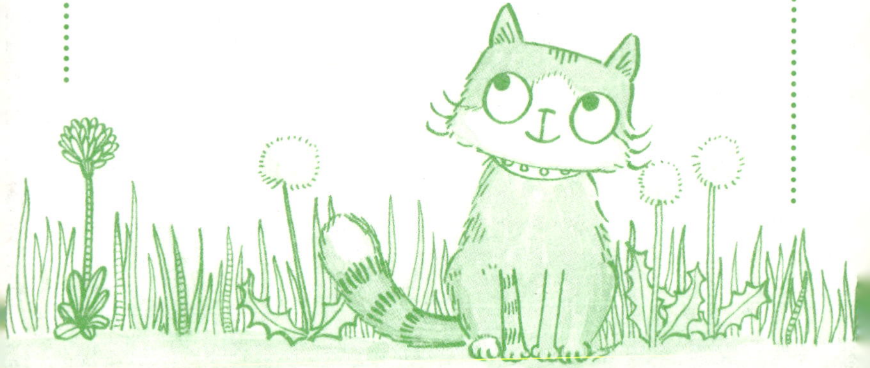

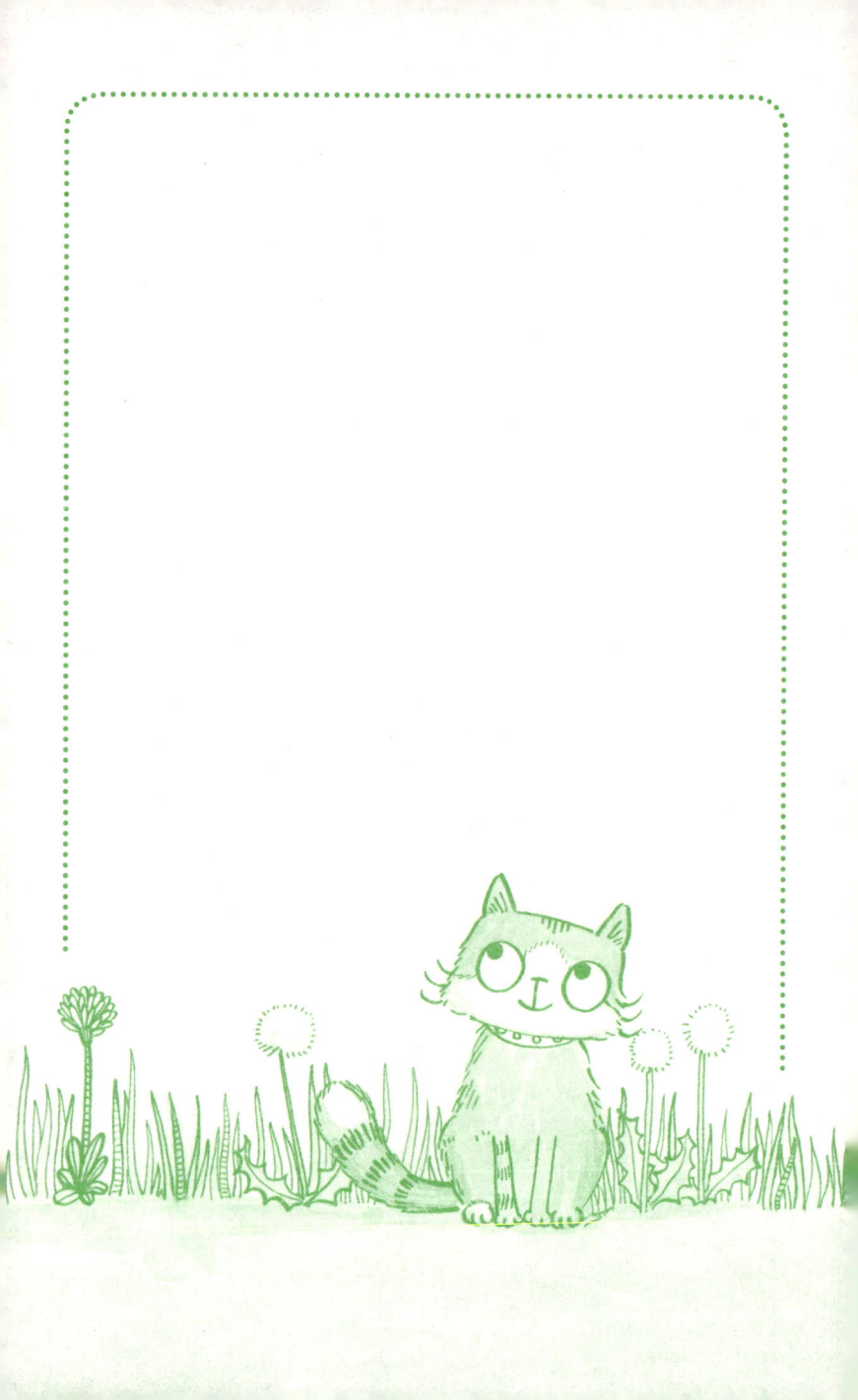